Heroines and Heroes
Heroínas y Héroes

by/por Eric Hoffman
illustrated by/ilustrado por Judi Rosen
translated by/traducido por Eida de la Vega

Redleaf Press

Published by: Redleaf Press
                a division of Resources for Child Caring
                450 North Syndicate, Suite 5
                St. Paul, MN 55104-4125

Distributed by: Gryphon House
                  Mailing Address:
                  P.O. Box 207
                  Beltsville, MD 20704-0207

Library of Congress Cataloging-in-Publication Data

Hoffman, Eric, 1950 –
    Heroines and heroes / by Eric Hoffman ; illustrated by Judi Rosen ; translated by Eida de la Vega =
Heroines y heroes / por Eric Hoffman ; ilustrado por Judi Rosen ; traducido por Eida de la Vega.
    p.   cm. — (Anti-bias books for kids)
    Summary: Kayla the heroine and Nate the hero play an imaginative game of adventure with a
dragon and discover that both girls and boys can save the day.
    ISBN 1-884834-68-X
    [1. Heroes Fiction. 2. Imagination Fiction. 3. Play Fiction. 4. Dragons Fiction. 5. Sex role Fiction.
6. Spanish language materials — Bilingual.] I. Rosen, Judi, ill. II. Vega, Eida de la. III. Title.
IV. Title: Heroines y heroes V. Series.
    PZ73 .H625 1999
    [E]—dc21
                                                                        99-15662
                                                                        CIP

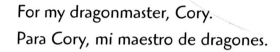

For my dragonmaster, Cory.
Para Cory, mi maestro de dragones.

—Eric Hoffman

For Dr. Portugeys, thank you.
Para el Dr. Portugeys, gracias.

—Judi Rosen

Kayla and Nate were firefighter friends. Every sunny summer morning, Nate
would climb to the top of the fence between their yards and shout, "Fire! Fire!"
Then Kayla would jump up and yell, "Heroines and heroes to the rescue!"
Then they rode into danger and saved people's lives.
But one day, Kayla just sat there and said, "I'm bored, bored, bored."

A Kayla y a Nate les encantaba jugar a los bomberos. Todas las mañanas soleadas de verano,
Nate se subía a la cerca que dividía su casa de la de Kayla y gritaba, "¡Fuego! ¡Fuego!"
Enseguida Kayla saltaba y gritaba, "¡Heroínas y héroes, al rescate!"
Juntos corrían muchos peligros para salvar las vidas de las gentes.
Pero un día, Kayla se sentó y dijo, "Estoy aburrida, muy aburrida, espantosamente aburrida."

"Don't you want to sound the sirens?" Nate asked. "Don't you want to ring the bell?"
"We did that yesterday," said Kayla. "Let's do something more."
"Like what?" said Nate.
"Something super, something fun. Like look for adventure under the sea. Or fly away in this magic tree."

"No quieres hacer sonar la sirena?" le preguntó Nate. "¿No te gustaría tocar la campana?"
"Eso mismo hicimos ayer," dijo Kayla. "Hagamos otra cosa."
"¿Como qué?" dijo Nate.
"Algo bien divertido. Como buscar aventuras bajo el mar. O en un árbol mágico volar."

"**W**ow," said Nate, "we've never played that kind of game before."
"Then climb on up," said Kayla, "because this tree is ready to
RRROOOOOAAAARRR!!"

"**O**h!" exclamó Nate. "No habíamos jugado antes a eso."
"Entonces sube sin tardar," dijo Kayla. "El árbol está listo para
¡¡AAARRRAAAANNNCCCAAAARRR!!"

"Help," cried Nate. "It's got me! It's a dragon in the sea!"
"Hey, dragon," Kayla shouted. "You can't scare a girl like me."
    She grabbed that monster by the tail,
    Climbed up on its slippery scales...

Auxilio!" gritó Nate. "¡Me ha atrapado! ¡Es un dragón marino!"
"¡Oye, dragón!" gritó Kayla. "No puedes asustar a una chica como yo."
Kayla agarró al monstruo por la cola,
Se subió por las escamas ella sola...

And tickled it with her trickster stick until it set Nate free.

Y con su varita le hizo cosquillas hasta que la bestia a Nate liberó.

The dragon blew its burning breath and spread its mighty jaws.
It flashed its teeth and crashed its tail and slashed out with its claws.

El dragón echó un aliento ardiente y abrió sus mandíbulas poderosas.
Hizo brillar los dientes, restalló la cola y golpeó las patas en las rocas.

But Kayla stared into its eyes
    And kept that dragon hypnotized
While Nate found tape and a seaweed snake to wrap around its paws.

Pero Kayla miró al dragón a los ojos
    Y lo hipnotizó a su antojo
Mientras Nate buscaba serpientes marinas para atar sus garras filosas.

Let's use our power swords," Nate said, and stood to strike a blow.
But then the beast began to cry. It said, "Please, let me go!
    I want to play. Can I join in?
    I'd like to be a heroine.
We'll fly across the sky and search for danger down below."

Usemos ahora nuestras espadas," dijo Nate, y frente al monstruo agitó su daga.
Pero la pobre bestia comenzó a llorar, "¡Déjenme libre, por favor!" gritaba.
    "¿A vuestro juego me puedo unir?
    Ser una heroína, me hará feliz.
Volaremos por todo el cielo, y el peligro buscaremos en lo profundo del mar."

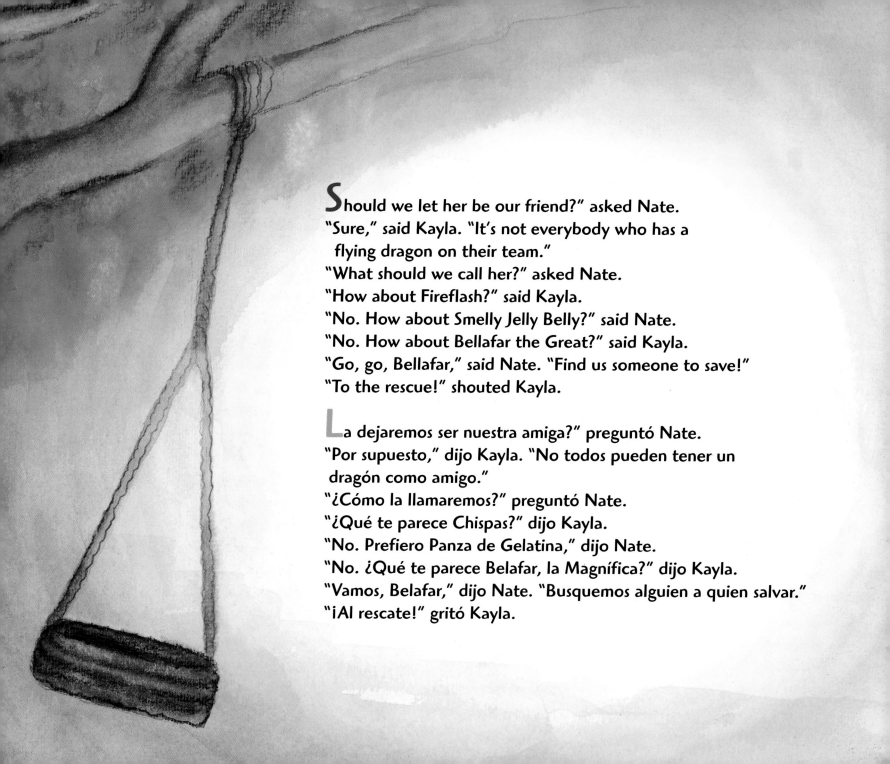

Should we let her be our friend?" asked Nate.

"Sure," said Kayla. "It's not everybody who has a flying dragon on their team."

"What should we call her?" asked Nate.

"How about Fireflash?" said Kayla.

"No. How about Smelly Jelly Belly?" said Nate.

"No. How about Bellafar the Great?" said Kayla.

"Go, go, Bellafar," said Nate. "Find us someone to save!"

"To the rescue!" shouted Kayla.

La dejaremos ser nuestra amiga?" preguntó Nate.

"Por supuesto," dijo Kayla. "No todos pueden tener un dragón como amigo."

"¿Cómo la llamaremos?" preguntó Nate.

"¿Qué te parece Chispas?" dijo Kayla.

"No. Prefiero Panza de Gelatina," dijo Nate.

"No. ¿Qué te parece Belafar, la Magnífica?" dijo Kayla.

"Vamos, Belafar," dijo Nate. "Busquemos alguien a quien salvar."

"¡Al rescate!" gritó Kayla.

Kayla, Nate, and Bellafar flew days and weeks and hours,
Until they saw a landslide crashing down a castle's towers.

Kayla, Nate y Belafar volaron horas, días y semanas,
Hasta divisar una avalancha que contra un castillo se precipitaba.

They rushed to the disaster scene
And boldly freed the king and queen
Moving mighty mountains
with their awesome superpowers.

A la escena del desastre corrieron sin tardar
Y al rey y a la reina pudieron liberar
Moviendo montañas
sin esfuerzo como si de algodón se tratara.

Let's fix these walls," said Kayla. "We can make them good as new."
They built the castle up again with steel and magic glue.

Ahora, reparemos las paredes," dijo Kayla. "Lo haremos en un momento."
Reconstruyeron el castillo con acero y pegamento.

When news of their brave deed got out
Everyone began to shout,
"Hooray! Hurrah for heroines!
Hooray for heroes too!"
The king and queen rewarded them
for all the lives they saved.
They each got medals made of gold
while people cheered and waved.
Two for Kayla. Two for Nate.
Three for Bellafar the Great!
For heroines and heroes, for the bravest of the brave!

Cuando se supo la noticia de su valentía
Por todas partes la gente admirada decía,
"¡Que vivan los héroes y las heroínas!
¡Que vivan!" repetía el viento.
El rey y la reina los recompensaron
por todas las vidas que salvaron.
Cada uno de ellos recibió una medalla,
y en todas partes la alegría estalla.
¡Dos hurras por Kayla! ¡Dos hurras por Nate!
¡Tres hurras por Belafar ordena el rey!
¡Por los héroes y las heroínas, que con valentía defienden la ley!

"Hooray for us!" Nate shouted. "What's next? Do I rescue you? Do you rescue me?"

"How about if we help Bellafar?" said Kayla. "She could be trapped on a runaway rocket ship."

"Or maybe she's stuck inside a hot lava volcano," said Nate.

"And after that," said Kayla, "we can save the whole world. 'Cause we're heroines and heroes!"

"Heroines and heroes!" said Nate. "To the rescue!"

"Hurra por nosotros!" gritó Nate. "¿Y ahora, ¿qué hacemos? ¿Quieres que te rescate? ¿O tú me rescatas?"

"¿Qué te parece si ayudamos a Belafar?"dijo Kayla. "Puede estar secuestrada en una nave espacial."

"O quizás esté atrapada dentro de un volcán de lava caliente," dijo Nate.

"Y después podemos salvar el mundo entero. ¡Por algo somos heroínas y héroes!"

"¡Heroínas y héroes, al rescate!" exclamó Nate.

A Note to Parents, Teachers, and Other Caregivers

When young children play superhero games, they explore many issues that are important to them: friendship, power, morality and values, self-identity, and the difference between fantasy and reality. However, the opportunities for valuable learning are often overshadowed by the violence and gender stereotypes promoted by some media superheroes. Attempts to avoid these problems by banning superhero and weapons play rarely succeed. Adults can guide children toward more positive values by accepting their interests in superhero play while helping them create stories that encourage thinking about the needs of others.

Here are some ideas for superhero play that can be used at home or in the classroom:

◆ Create rescue stories with children using dolls, puppets, and animal toys. Be sure you include heroines as well as heroes in the stories. Write down the stories and let the children illustrate them. Provide children with the materials they need to turn their stories into fantasy play. How can they solve problems in the stories without using violence? If children rely on media characters, help them develop new stories for the characters that go beyond the limited ones they have seen on television or in the movies.

◆ Give children materials they can use to create powerful props for their play: magic bracelets, rescue ropes, medals, and more. Where can they use boards, tires, boxes, and blankets to make a heroines and heroes castle or cave?

◆ Ask questions about the children's play, such as
    What do "good guys" and "bad guys" do?
    What makes them good or bad?
    Is there a way for a "bad" character to become "good," like Bellafar the Dragon?

◆ Give children grown-up tasks that will make them feel powerful—moving furniture, preparing meals, pounding nails, washing windows.

◆ Who are the people in your community who keep others safe or work for justice? Invite these real heroines and heroes to visit. How can your children help others in your community and become real heroines and heroes?

Una nota para los padres, maestros y otros proveedores

Cuando los niños juegan a ser superhéroes, al mismo tiempo, exploran muchos aspectos importantes: la amistad, el poder, la moral y los valores, su propia identidad y la diferencia entre fantasía y realidad. Sin embargo, las oportunidades de aprender cosas valiosas durante estos juegos son eclipsadas, con frecuencia, por la violencia y los estereotipos sobre el papel de los sexos que promueven algunos superhéroes de los medios de difusión. Los intentos de eliminar los superhéroes y las armas para evitar estos problemas han tenido poco éxito. Los adultos pueden guiar a los niños hacia valores más positivos, ayudándolos a crear, dentro de estos mismos juegos de superhéroes, historias que les hagan pensar acerca de las necesidades de los demás.

A continuación presentamos algunas ideas para jugar a los superhéroes que pueden utilizarse en la casa y en la clase:

◆ Elabore historias de rescates usando muñecos, marionetas y animales de juguetes. Asegúrese de incluir tanto heroínas como héroes en las historias. Escriba las historias y deje que los niños las ilustren. Proporcióneles los materiales necesarios para que conviertan sus historias en un juego de la fantasía. ¿Cómo pueden resolver los problemas de la trama sin usar la violencia? Si los niños se apoyan en personajes conocidos, ayúdelos a desarrollar historias nuevas para estos personajes que vayan más allá de lo que han visto en cine o en televisión.

◆ Entrégueles materiales que incentiven su juego: brazaletes mágicos, cuerdas para usar durante el rescate, medallas, etc. ¿Cómo pueden usar pizarras, llantas, cajas y mantas para reproducir el castillo o la cueva de los héroes y las heroínas?

◆ Haga preguntas acerca del juego: ¿Qué hacen "los buenos" y "los malos"? ¿Qué los hace buenos o malos? ¿Es posible que un personaje "malo" se convierta en "bueno," como le pasó a la dragona Belafar?

◆ Asigne a los niños tareas de adultos para que se sientan poderosos, tales como mover los muebles, preparar la comida, clavar clavos y lavar las ventanas.

◆ Dentro de la comunidad, ¿quiénes se ocupan de mantener la seguridad y trabajan por la justicia? Invite a estos héroes y heroínas reales a la escuela. ¿Cómo pueden los niños ayudar a otras personas y convertirse en verdaderos héroes y heroínas?

Anti-Bias Books for Kids
*Teaching Children
New Ways to Know the
People Around Them*

Libros Anti-Prejuciosos para Niños
*Enseñando a los niños nuevas maneras
para llegar a conocer a las personas
que los rodean*

Anti-Bias Books for Kids are designed to help children recognize the biases present in their everyday lives and to promote caring interaction with all kinds of people. The characters in each story inspire children to stand up against bias and injustice and to seek positive changes in themselves and their communities.

Los Libros Anti-Prejuiciosos están diseñados para ayudar a los niños a reconocer los prejuicios que existen en su vida diaria y para promover el cuidado en las interacciones con todo tipo de personas. Los personajes en cada cuento inspiran a los niños a enfrentar los prejuicios y las injusticias y alientan cambios positivos en ellos mismos y su comunidad.

Play Lady
La Señora Juguetona
by/por Eric Hoffman
illustrated by/ilustrado por Suzanne Tornquist

Children help the victim of a hate crime.
Los niños ayudan a una víctima de un crimen motivado por el odio.

Best Best Colors
Los Mejores Colores
by/por Eric Hoffman
illustrated by/ilustrado por Celeste Henriquez

Nate learns he can have more than one favorite color and one best friend.
Nate aprende que puede tener más de un color y de un amigo favoritos.

No Fair to Tigers
No Es Justo Para los Tigres
by/por Eric Hoffman
illustrated by/ilustrado por Janice Lee Porter

Mandy and her stuffed tiger ask for fair treatment.
Mandy y su tigre de peluche piden un trato justo.

Heroines and Heroes
Heroínas y Héroes
by/por Eric Hoffman
illustrated by/ilustrado por Judi Rosen

Adventurous Kayla rescues Nate from the dragon in her backyard.
Kayla, la aventurera, rescata a Nate del dragón de su patio.

For more information call/Para más informatión llame al

1-800-423-8309